NOTES

SUR

LE CONVENTIONNEL VERNEREY

ET SUR SA FAMILLE

PAR

M. Maurice DAYET

Extrait des *Mémoires de la Société d'Emulation du Doubs*
(8ᵉ série, tome VI, 1911).

BESANÇON

IMPRIMERIE ET LITHOGRAPHIE DODIVERS

87, GRANDE-RUE, 87

—

1912

VERNEREY

*Représentant pour le Département du Doubs,
à l'Assemblée législative et à la Convention nationale,
d'après une miniature.*

(1749-1798)

NOTES

SUR

LE CONVENTIONNEL VERNEREY

ET SUR SA FAMILLE

PAR

M. Maurice DAYET

Extrait des *Mémoires de la Société d'Emulation du Doubs*
(8ᵉ série, tome VI, 1911).

BESANÇON

IMPRIMERIE ET LITHOGRAPHIE DODIVERS

87, GRANDE-RUE, 87

1912

NOTES

SUR LE

CONVENTIONNEL VERNEREY

ET SUR SA FAMILLE

Par M. Maurice DAYET

I.

L'acte rendu par Philippe d'Espagne le 6 juillet 1623, qui anoblissait Guillaume Vernerey, attribue à sa famille quatre cents ans d'existence. En faisant la part de l'exagération, et en l'absence de tous documents antérieurs, on peut dire seulement que les Vernerey passaient pour une ancienne et très honorable famille au début du xvII^e siècle.

Antoine Vernerey, le premier connu, fut affranchi de la main-morte par Henri de Cicon en 1500. Il fut ensuite bailli d'Eysson, terre qui dépendait du prieuré de Morteau (1). Il était fixé à Passonfontaine. De lui descend Jean Vernerey, la Routte, capitaine des Granges, anobli en 1650, pour sa belle conduite en Catalogne, où il avait servi comme sergent major de bataille (2).

---

(1) DE LURION. *Nobiliaire de Franche-Comté.*
(2) Les Vernerey de Passonfontaine portaient : de Gueule au sautoir d'argent au croissant de même en pointe.

Un autre descendant d'Antoine Vernerey, Gérard, était, en 1540, receveur de la maison de Châlons à Arbois. Son petit-fils Nicolas, venu de Passonfontaine à Passavant, en 1571, s'y établit et devint procureur institué pour le comte de Wurttemberg [1]. Déjà, il est assez riche pour prêter de l'argent à la ville de Baume. Il achète de nombreuses terres. De cette époque date le fief que les Vernerey tenaient des princes de Montbéliard, mouvant de la seigneurie de Passavant ; et dès 1595, Nicolas s'intitule Vernerey de Servin [2]. Il faut rattacher à Gérard Vernerey Jean Vernerey, littérateur, né vers 1540 à Passonfontaine. On a peu de renseignements sur lui. Étudiant à Dole, puis à Paris, il voyagea ensuite pendant sept ans et fréquenta les cours des plus célèbres professeurs de Bologne, de Parme et de Padoue. Il se trouvait encore dans cette dernière ville en 1571 et annonçait son désir de rentrer en Franche-Comté. Son retour eut lieu sans doute autour de 1575. On ignore les autres particularités de sa vie. Il mourut, semble-t-il, peu après, avant l'âge de 40 ans. Jean Vernerey publia deux ouvrages [3] : *Animadversiones in Mich. Poletum*, Padoue, 1565. — *Compendiosa institutio in universam dialecticam ex Aristotele Rivio, aliisque auctoribus recentioribus collectam*, ibid. 1565.

Au début du XVIIe siècle, la famille Vernerey se divisa en deux branches. Nicolas, mort autour de 1600, laissa plusieurs enfants. Son fils Guillaume, capitaine au service de l'Espagne, fut anobli par lettres patentes en 1623 [4]. Guillaume Vernerey est le fondateur de la branche des seigneurs de Montcourt, dont la descendance subsiste encore aujourd'hui. Ils ont pour armes : D'azur à un rameau de verne d'or à cinq feuilles mouvant d'un croissant d'argent. D'eux provient un joli livre

(1) *Arch. du Doubs*, E. 847.
(2) *Arch. de Baume-les-Dames*, CC. 43.
(3) Cf. *Biographie universelle*, article Vernerey.
(4) Bibl. nation., CARRÉS D'HOZIER. MM., n° 146.

d'heures de la Bibliothèque de Besançon, échappé au pillage du château de Passavant par les Suédois et sur les pages duquel sont inscrits les principaux événements de la famille au XVIIᵉ siècle (1).

Un autre fils de Nicolas, Etienne, mort en 1629, continua la branche des Vernerey de Servin. Son frère, Nicolas Vernerey, capucin — (le père Jovite dans le cloître) — entré au couvent en 1634, fut deux fois provincial de son ordre et mourut à Baume en 1695. Il laissa une renommée considérable comme orateur en Franche-Comté. Le texte de ses sermons existe encore (2).

Quatre générations conduisent d'Etienne à Jean-Baptiste Vernerey, châtelain et procureur à la veille de la Révolution comme l'avaient été ses ancêtres.

Les Vernerey de Servin ont pour armes : « D'or à une verne arrachée de sinople ». Une branche cadette s'était fixée à Baume à la fin du XVIIᵉ siècle ; le personnage le plus marquant en fut Charles-Baptiste Vernerey, député à l'Assemblée législative et à la Convention (3).

II.

Charles-Baptiste-François Vernerey naquit à Baume-les-Dames le 4 Mars 1749. Il était fils de Pierre-Mathieu Vernerey, notaire royal et procureur au bailliage de Baume et de Marguerite Ponsot. Son grand-père Mathieu Vernerey remplissait déjà les mêmes charges.

Charles-Baptiste reçut sans doute une éducation soignée en rapport avec la situation de sa famille. Il continua les traditions de celle-ci dont la plupart des membres exerçaient

---

(1) Bibl. de Bes., MM., n° 146.
(2) Bibl. de Bes., MM. 247.
(3) Arch. de famille. Généalogie très complète de la famille Vernerey établie au XVIIIᵉ siècle.

des fonctions juridiques. Jeune encore nous le voyons inscrit comme avocat au Parlement.

Le 31 Août 1773 il épousa Agathe Noé de Besançon et se fixa peu après dans cette ville (1).

Le contrat de mariage passé en l'étude de M⁰ Chéry, notaire à Besançon, le 8 Août 1773, dénote des deux côtés une honnête aisance pour l'époque : la situation de fortune des Vernerey avait en effet bien changé depuis un siècle environ (2). Fort riches avant la guerre de Trente ans, l'invasion suédoise en Franche-Comté, en ruinant complètement leurs propriétés, avait porté à cette famille, au point de vue pécuniaire, un coup dont elle n'avait pu se relever.

Lorsque la Révolution éclata, Vernerey, séduit par les idées nouvelles et entraîné vers elles par son éducation juridique et philosophique, abandonna le barreau pour la politique. Dès le 21 Mai 1790, il est nommé administrateur du district de Baume-les-Dames à la majorité absolue de 19 suffrages, et fait partie du Directoire du département (3). Cette situation lui permet de rester à Besançon, où il s'agite beaucoup, se montre dans les clubs, dont il devient bientôt l'un des principaux orateurs. Il est nommé président du club des Jacobins à la fin de l'année 1790.

Le club des Jacobins de Besançon, semblable à ceux qui existaient alors dans toutes les villes importantes de France, se rattachait directement à celui de Paris, auquel Vernerey fut affilié en 1791, le 3 Octobre, lorsqu'il eut été élu membre de l'Assemblée législative (4).

C'est en qualité de président du club de Besançon que Vernerey envoya le 10 Janvier 1791 auprès de la municipalité de cette ville, une adresse par laquelle il prenait parti contre le clergé et la noblesse bisontine, oubliant lui-même

---

(1) Registre mariages paroisse Saint-Jean.
(2) *Arch. du Doubs*, minutes du notaire Chéry.
(3) *Arch. nat.*, F¹ᵇ II, Doubs, n° 1.
(4) AULARD. *La Société des Jacobins*, p. 191.

les origines de sa famille. Peut-être ne faut-il pas lui en faire
du reste un reproche, car Vernerey fut toujours un convaincu,
soucieux d'exercer avec équité et justice les pouvoirs impor-
tants que la Nation lui mit plusieurs fois entre les mains et
fier du renom d'intégrité qu'il s'était créé aux Assemblées et
plus tard auprès du Comité du Salut public.

L'adresse du 10 Janvier 1791 fut apportée à la municipalité
bisontine par une députation présidée par le Conseiller
Roussel, ancien prêtre de l'Oratoire. Elle constatait tout
d'abord l'égalité absolue devenue la règle des temps nou-
veaux, où « il n'est plus de distinctions que pour le mérite
et la vertu ». Puis, elle s'insurgeait contre les restes de
« l'arrogance » de l'ancienne noblesse. « Pourquoi voyons
nous encore sur les portes de nos ci-devant nobles, sur leurs
domestiques, sur eux-mêmes, ces signes de leur arrogance
passée, ces restes honteux de leur despotisme, enfans de
l'ignorance et de la féodalité, dont l'aspect seul insulte des
hommes qui ne veulent désormais reconnaître au dessus
d'eux que la loi ». La conclusion s'imposait ; et, puisque
« toutes les armoiries placées non seulement sur les voitures,
mais encore sur les palais des Montmorency, des Noailles,
et des plus anciennes familles de France, ont disparu à la
voix des officiers municipaux de la capitale, pourquoi ne
nous empresserions-nous pas de même de purifier les portes
de nos ci-devant nobles de plus fraîche date ? » La Société
des Amis de la Constitution séante en cette ville, pleine de
confiance dans le patriotisme de la municipalité, la priait
donc de « peser ces réclamations » et d'ordonner que dans
le jour toutes les armoiries existantes au dessus des portes
des ci-devant nobles fussent effacées aux frais des réfrac-
taires par des ouvriers commandés spécialement à cet effet.
Elle demandait également qu'il fut interdit aux Chevaliers
de Saint-Georges de porter l'insigne de leur confrérie, et
aux chanoines du Chapitre de revêtir leur costume distinctif,
sous peine de poursuite comme infracteurs aux lois. Elle se

terminait par de vives attaques contre l'abbé Bacoffe, curé de Saint-Jean, auquel elle reprochait « des propos inconstitutionnels, dans un prône fait à ses paroissiens du haut de la chaire de la vérité ». La municipalité qui, sur la proposition d'un de ses membres, Louvot, avait invité le 7 Janvier, les ecclésiastiques à prêter le serment constitutionnel du clergé, décida que l'abbé Bacoffe ne serait pas poursuivi, s'il se soumettait à cette formalité. Quant à la première partie de cette pétition, la Commune y fit droit, en ordonnant par deux arrêtés successifs, d'enlever les signes et emblèmes des monuments municipaux (Janvier 1791) et les « signes de la féodalité » des maisons des particuliers (4 Avril 1791) (1).

Pendant ce temps, on préparait les élections pour l'assemblée législative ordonnées par la Constitution.

Le vote du premier degré eut lieu le 24 Juin 1791. A Baume, sur 381 électeurs inscrits, il s'en présenta 156 aux urnes. Les citoyens élus furent : le prêtre Gaulard (142 voix) Vernerey (105) puis Arbey, officier de gendarmerie et Grosrichard, inspecteur de la loterie. Le 28 Août, l'Assemblée générale des électeurs du second degré envoya Vernerey à l'Assemblée législative, ainsi que Bouvenot, Monnot, Besson, Michaud et Voisard.

Les six députés du Doubs se mirent en route pour Paris dès le 17 Septembre. Auparavant ils firent leurs adieux au Club des Jacobins de Besançon, présidé dans cette occasion par P.-J. Briot, qui succéda à Vernerey, dans l'influence que celui-ci exerçait sur les Amis de la Constitution, et le remplaça d'une façon beaucoup plus bruyante.

Dès le 20 septembre, Vernerey écrivait à sa femme restée à Besançon :

« Nous sommes arrivés hier lundi à cinq heures du soir à Paris, bien portans et sans avoir essuyé la moindre incommodité dans le voyage.

---

(1) Bibl. de Bes. *Registre des Délibérations municipales.*

« Nous courrions cependant quinze heures par jour dès
les quatre heures du matin jusqu'à sept heures du soir sans
nous arrêter ; nous mangions un morceau en voiture. Je me
porte bien aujourd'hui à Paris. Je suis déjà allé voir ce matin
le Palais Royal et les Tuileries. Nous attendons ce soir nos
messieurs pour nous loger définitivement et je t'en ferai
part. C'est le 30 que l'Assemblée Nationale lève ses séances
et que nous entrons en fonctions. Paris est immense ; ce qu'il
y a de plus désagréable, c'est que malgré que depuis trois
mois il n'y ait pas plu, il y a autant de boue dans les plus
belles rues que dans Baume quand il y fait mauvais tems.
D'abord que nous serons logés, je t'enverrai mon adresse.
Bien des complimens à tous ceux qui s'intéressent à moi et
en particulier à notre cher voisin et sa sœur l'hospitalière.
Je vous embrasse tous de tout mon cœur. Songez quelquefois à moi et rappelez moi à Minette (sa fille) pour qu'elle ne
m'oublie pas.

« P.-S. — C'est bien dommage que nous ne soyons pas
arrivés la veille. Nous aurions vu la plus belle illumination
et la plus belle fête occasionnée par l'acceptation du roi. On
dit que le roi et la reine se proposent d'en donner une à leur
tour ». (1).

Même envers sa femme, Vernerey fait montre de patriotisme, comme le témoigne la lettre suivante du 22 Mars
1792 :

« Lorsque j'ai été nommé à la Législative je me suis bien
attendu à avoir trois sortes d'ennemis qui se plairaient à
nous décrier : les aristocrates décidés, les envieux et les
ambitieux. Les aristocrates doivent nous détester bien cor-
dialement. Les envieux doivent nous calomnier par jalousie,
et les ambitieux dans l'espérance de nous remplacer. Mais,
forts de notre conscience et des sentimens des bons patriotes
qui nous ont jugés en connaissance de cause, et qui naturel-

_____

(1) Archives de famille.

lement doivent nous soutenir et nous défendre, puisque notre nomination est leur ouvrage, nous suivons l'impulsion de notre patriotisme dont heureusement personne ne doute ici, et nous nous mettons au dessus de la calomnie. En mon particulier tu sçais assez que je n'ai jamais eu d'ambition ; que je n'ai jamais couru après la célébrité, et je me dirige toujours d'après le sentiment intime de ma conssience. J'aimais l'indépendance avant qu'il ne fût question de la liberté ; j'étais patriote avant qu'aucun serment ne m'eût lié au patriotisme, et depuis que j'en ai fait serment, la mort seule sera capable de me faire cesser d'être libre et patriote ; ou, ce qui revient à peu près au même, d'être honnête homme et de faire mon devoir. Dis à notre voisin qu'il ne compromet pas sa responsabilité en jurant sur sa tête que je suis et resterai toujours tel qu'il peut en répondre. Je lui sçais bon gré cependant de la bonne opinion qu'il a de moi ; il me connaît assez pour être assuré que je ne la démentirai pas ; et quoiqu'on en puisse dire, je crois pouvoir l'assurer que les six députés du département du Doubs ne se sont pas encore écartés de la ligne doite. Voisard, Michaud et moi passons même ici pour être du parti des enragés. Je n'ai cependant encore rien fait de saillant en ce genre. Je suis ferme et loyal. Voilà ce que je serai toujours. Il faut laisser au tems le soin de nous justifier et de confondre la calomnie. Ne crains pas que jamais je me range du côté des ministériels ; je les méprise trop, et les trente millions de la liste civile ne me décideraient pas à me ranger de leur parti. La moitié de ma vie et plus a été intacte : je ne ternirai pas le reste, je l'espère.

» *P.-S.* — Ce n'est pas par les journaux qu'il faut juger l'Assemblée Nationale. Ils sont tous infidèles et vendus au parti qui les paye ou qu'ils ont adoptés. Nous sommes sept cent cinquante et dans ce grand nombre quarante seulement jusqu'ici ont parlé. Encore, dans ces quarante, trente à peu près ne sçavent ordinairement ce qu'ils disent. Ils ennuyent l'Assemblée, et qui pis est, lui font perdre beaucoup de tems. Ce ne sont pas ces parleurs qui font la bonne besogne » (1).

Cette lettre était un vrai panégyrique de la personne de Vernerey par lui-même, et semble avoir été écrite surtout pour le justifier du reproche d'aristocrate, et de la tache que sa naissance et ses fonctions avant la Révolution lui imprimaient aux yeux des patriotes dont il recherchait les bonnes grâces. La mauvaise opinion que les députés du Doubs avaient de l'Assemblée législative, se trouve confirmée dans une lettre de Vernerey, Monnot, Bouvenot et Michaud au Département (17 Juin 1792) (2). Ils y dépeignent le roi entouré de perfides, d'infâmes courtisans qui lui rendent suspects ses trois ministres les plus vertueux. Ils annoncent au Département l'envoi d'un exemplaire de la protestation rédigée à la nouvelle que le roi a redemandé à ceux-ci leurs portefeuilles ainsi que d'un exemplaire d'une lettre de Roland au roi.

L'Assemblée des électeurs réunie à Quingey (Doubs) le 2 septembre 1792 nomma six députés à la Convention. Vernerey fut élu avec 206 voix. Seguin, évêque de Besançon, en recueillit 230. Besson, Michaud, Monnot et Quirot furent confirmés dans leurs pouvoirs (3). Tandis que l'évêque Seguin se fixait au n° 315 de la rue Saint-Honoré, tous les autres députés du Doubs descendirent dans un même local : l'Hôtel National, 37, rue de la Sourdière.

A la Convention, Vernerey fit partie comme membre suppléant du Comité des assignats et monnoies, et du Comité des Décrets. Lors du procès de Louis XVI, trois appels nominaux avaient été ménagés. Vernerey répondit « Non » à la question : « Y aura-t-il appel au peuple. » Il répondit égale-

(1) Archives de famille.
(2) Citée par SAUZAY. *Hist. Persécution révolutionnaire dans le Doubs.*
(3) *Vedette*, t. II, 7 sept. 1791.

ment « Non » à la question : « Sera-t-il sursis à l'exécution du jugement ». Enfin, à la question : « Quelle sera la peine à infliger ? » il prononça : « La mort. »

Dans les lettres de cette époque que Vernerey écrit à sa femme, il ne parle presque pas de ce qui se passe à Paris, ni des affaires publiques ; ou bien il se contente de raconter de façon très succincte les faits principaux. Voici par exemple le récit de la mort de Marat : « Marat a été assassiné hier. Il était malade chez lui. Il prenait un bain. Une femme de 24 à 26 ans a demandé à lui parler. Elle est entrée, s'est approchée de lui, lui a parlé à l'oreille, a tiré un poignard et le lui a plongé dans le cœur ; il est expiré un quart d'heure après. La femme a été arrêtée. Je ne partage pas les opinions de Marat ; mais du moins, ce n'est pas le peuple qu'on calomnie toujours qui s'est rendu coupable de trois attentats sur ses représentants. Et, ce ne sont pas ceux qui ont toujours dit qu'ils étaient sous les poignards qui en ont été les victimes (Paris, 14 Juillet 1793) » (1).

Pendant l'année 1793, Vernerey fit partie avec Musset et Ch. Delacroix de la mission chargée de vendre les mobiliers de Versailles et des châteaux royaux ou princiers de Seine-et-Oise. Il existe plusieurs lettres signées de lui seul ou avec ses deux collègues, et adressées à la Convention Nationale (2). Voici l'une des plus intéressantes :

« Versailles, 4 Oct. 1793 (An II).

« *Les représentants du peuple commissaires dans le département de Seine-et-Oise à la Convention nationale :*

« Citoyens Collègues :

« Le talisman est brisé pour les immeubles de la ci-devant liste civile comme il l'était déjà pour ceux des émigrés. La maison dite de l'Hermitage qui en dépendait avait été estimée 115,060 livres et nous avions reçu les plus vives

---

(1) Arch. de famille.
(2) *Arch. nat.* C. 273, n° 291.

réclamations contre cette estimation que l'on prétendait être horriblement exagérée. Elle s'est vendue 262,000 livres.

« Le mobilier se vend avec la plus grande chaleur. La vente qui se fait sous nos yeux montera à la fin de cette semaine à près de 500,000 livres. Un meuble complet et précieux du Petit-Trianon que des malveillans publiaient avoir été donné pour 3,000 livres a été vendu 29,203 livres. Nous avons fait déjà conduire à la monnoye pour 650,000 livres de matières d'or et d'argent, et lorsque nous aurons réuni quelques petites parties qui sont encore entre les mains de particuliers, nous ferons partir un second convoi de ces matières précieuses, qui est évalué par aperçu à une somme de 1,500,000 livres. Signé : J.-M. Musset, Vernerey, Ch. Delacroix. »

Une seconde lettre, signée de Vernerey seul, annonce à la Convention l'envoi à la monnoye de matières précieuses provenant des biens de la liste civile. Ce convoi était composé de : 397 marcs deux onces cinq gros d'or ;

1695 marcs deux onces sept gros de vermeil ;

2979 marcs six onces sept gros de vaisselle d'argent ;

10986 marcs quatre gros de galons d'or ;

137 marcs trois onces de galons d'argent [1].

Dans la mission de Seine-et-Oise, Vernerey ne joua jamais que le troisième rôle, loin derrière Musset et Delacroix ; mais, il dut s'y créer un renom d'intégrité, qui lui valut d'être envoyé dès le commencement de l'année 1794 dans la Creuse et l'Allier pour y organiser le gouvernement révolutionnaire, à la place du citoyen Petitjean, malade et en traitement à Burges-les-Bains. D'une lettre de celui-ci au Comité du Salut public, du 25 Pluviôse an II, il résulte qu'on transmit simplement à Vernerey les pouvoirs de son prédécesseur [2].

Dès le 21 Pluviôse an II Vernerey se trouvait dans la Creuse, à Guéret, où sa première visite fut pour la Société

---

(3) *Arch. nat.* C. 278, n° 737.
(1) *Recueil des Actes du Comité du Salut Public.* T. X, p. 663.

populaire. Là, on l'accueillit aux cris de Vive la Montagne et les sans-culottes. Le président s'étant levé l'assura des bons sentiments de la ville de Guéret, heureuse de compter dans ses murs un vrai jacobin. Habitants d'un sol infertile, privés de l'éducation nécessaire pour bien servir la république et haïr le fédéralisme, les citoyens de Guéret priaient le représentant de leur tracer nettement leur devoir. Vernerey prit à son tour la parole et prononça un assez long discours. Il demanda avant tout à la Société populaire de lui donner les renseignements que toutes les sociétés de ce genre se hâtent de transmettre aux représentants en mission, sur l'esprit public. Il déclara : « Les momens de Révolution sont des momens de crise : cette manière d'exister dans un gouvernement ne peut pas toujours durer... mais, c'est à la Convention nationale... à fixer l'époque où elle pourra finir sans compromettre l'intérêt et la liberté du peuple français. » Cherchant à éclairer ses auditeurs sur le but du gouvernement révolutionnaire, il le leur montra dans un règne de justice et de raison, dirigé contre les conspirateurs, les prévaricateurs, favorable pour les patriotes et les opprimés. Il leur donna la définition du vrai fonctionnaire « ardent sans exaltation, concevant avec force, exécutant avec courage, quelquefois avec témérité, toujours avec promptitude. » Enfin, le discours représentait aux citoyens tous les nombreux ennemis qu'ils avaient à combattre à l'intérieur comme à l'extérieur, et se terminait par des assurances de justice envers chacun et de confiance dans le patriotisme de la société.

La citoyenne Pleinchesne chanta ensuite quelques couplets, spécialement rimés en l'honneur de Vernerey, sur l'air de « Non, non, Doris », ou de « Jeunes amants, cueillez des fleurs ». En voici trois :

> Bon citoyen représentant,
> De nos cœurs reçois l'assurance ;

Avec toi tu porte (*sic*) un aimant
Qui t'attire la confiance ;
De tes vertus de ta douceur
Tes yeux sont la pierre de touche ;
Sur ton front brille la candeur,
Et la justice est dans ta bouche.....

Ne crois pas que ce soit l'esprit
Qui pour toi se met en dépense
On pense à Guéret ce qu'on dit
Et l'on y dit ce que l'on pense...
Immolons à la liberté
Nos biens, nos enfans, nos personnes,
Le bonnet de l'Egalité
Vaut mieux que toutes les couronnes !

Montrant les citoyennes :

Nos frères les législateurs
Nous ont interdit la parole ;
Ce supplice pèse à nos sœurs ;
Mais dans ce jour il les désole :
Mon silence les fàcherait ;
Il serait même anti-civique :
Je dis donc, Vive Vernerey,
Qui fait aimer la République.

Les petits sans-culottes du collège de Guéret, vinrent pour
terminer la séance, prier Vernerey de ne pas les oublier, et
lui adressèrent un compliment composé pour l'occasion :

« Vernerey, quand de ta présence
Chacun éprouve le bienfait,
Je crois devoir en conscience
T'avertir que pour nous tu n'as encor rien fait ».

Ils lui réclamèrent au moins un jour de vacance, pour le
lendemain « appelé primidi », et lui promirent en retour de

lui montrer les Pitt et les Cobourg étonnés de voir que chez ces gamins, la valeur

« Attendit seulement le nombre des années
Pour voler au champ de l'honneur ».

Dès le 25 Ventôse, Vernerey rendait compte au Comité du Salut public de la situation du département de la Creuse et de celui de l'Allier, où il avait fait un court séjour pour épurer les autorités constituées. Cette contrée était alors en proie à une terrible disette. Vernerey prit en premier lieu un arrêté pour accélérer le transport des subsistances. Ensuite, il s'inquiéta de la situation politique et religieuse du pays ; constata la bonne volonté républicaine des populations, parmi lesquelles « les femmes appelées autrefois petites maîtresses dansent volontiers avec de bons et vrais sans-culottes », et avisa le pouvoir central de la fermeture de presque toutes les églises, sans que la suppression du culte ait amené la plus légère excitation.

Ces opérations préliminaires terminées dans l'Allier, le conventionnel commença sa mission dans la Creuse, précédé nous dit-il, d'une réputation terrible [1]. « J'ignore quelle était l'espèce de réputation qui m'avait précédé ; mais j'ai appris dès lors que plus de vingt curés, sitôt qu'ils avaient appris mon arrivée, avaient abdiqué leurs fonctions, et que les églises de leurs paroisses étaient fermées. J'espère ne pas quitter ce département que la presque totalité n'ait imité cet exemple ; et avec de la prudence, le fanatisme, vous pouvez y compter expirera ici sans convulsion. J'ai vu avec plaisir le peuple de Guéret, chef-lieu du département, brûler les saints de bois aux acclamations de Vive la République, et cet exemple entraîne beaucoup d'autres communes .». Il ne s'agissait donc nullement d'une substitution du culte consti-

---

[1] *Recueil des Actes Com. Sal. pub.*, XI, p. 487.

tutionnel à l'ancien culte, mais d'une suppression totale de toute organisation religieuse, semble-t-il. Vernerey revient souvent sur ce sujet, dans ses lettres au Comité du Salut public. Il annonce un peu plus tard (26 Ventôse II) (1) que ses espérances se sont réalisées ; que le culte public a cessé entièrement, surtout à la suite d'un arrêté qui ordonne à tout prêtre de se retirer dans le mois à trois lieues au moins du territoire de la paroisse où il exerçait ses fonctions. Les prêtres des départements voisins venus se fixer dans la Creuse furent également éloignés par le même arrêté qui leur enjoignait de se retirer dans la quinzaine au lieu de leur naissance.

Vernerey paraît s'être montré moins sévère pour les « aristocrates ». Il s'étonne dans ses lettres (2) (26 Ventôse II) que quelques personnes à Paris murmurent sur ses opérations à cet égard. Il déclare ouvertement avoir relâché un grand nombre de suspects, parmi lesquels se trouvaient des enfants de trois à dix-huit ans. Beaucoup de personnes avaient été incarcérées par suite de vengeances arbitraires. Il cite entre autres l'histoire d'un meunier qui, sous prétexte d'égalité avait fait prendre au Comité de surveillance un arrêté ordonnant à tous les habitants de faire moudre leurs grains à égales parties, dans son moulin et celui de son concurrent ; et faisait incarcérer comme suspects tous ceux qui ne s'y conformaient pas. Il reconnaît même avoir élargi deux frères de nobles émigrés, mais dont leurs concitoyens avaient réclamé la liberté à cause de leur civisme ; et qui plus est, deux femmes d'émigrés. Toutes ses opérations du reste ont été concertées avec les autorités constituées.

Après avoir réchauffé le zèle des sociétés populaires, qui lui semblaient peu énergiques, et celui des autorités constituées, Vernerey quitta le district de Guéret le 27 Ventôse, pour organiser révolutionnairement le reste du département.

(1) *Recueil des Actes du Comité de Salut Public.* T. XII.
(2) *Idem.*

Le 7 Germinal, nous retrouvons Vernerey à Montluçon, d'où il écrit à sa femme (1) :

« Que c'est une terrible chose qu'un représentant en représentation. Je suis accablé de monde depuis sept heures du matin jusqu'à minuit. Je n'ai pas encore eu le temps de me reconnaître depuis six décades ; mais il faut espérer qu'avec du courage, je m'en tirerai. Je me porte assez bien ».

De Montluçon, Vernerey se rendit dans le district de Cusset, où il se reposa de toutes ses fatigues.

« Je t'ai dans mon voyage, écrivait-il encore à sa femme (2 , bien désirée ainsi que ma famille pour que vous puissiez voir et jouir de toutes les bénédictions que j'ai reçues de tout le peuple. J'ai ramené la confiance entre tous les bons citoyens, je les ai réunis, resserrés, fait fraterniser ; ils ont juré union, amitié, fraternité entre eux, et haine éternelle aux tyrans, aux royalistes, aux aristocrates et aux intrigants. Voici trois jours qu'on est en fête ici. On accourt des extrémités du district pour me voir et m'entendre.

« Il y a eu un banquet fraternel au milieu des champs ; il y avait plus de deux mille couverts, plus de quatre mille spectateurs qui tous y ont participé, bu et mangé. Et le croirais-tu ? tout cela, il a fallu que je les embrasse, jusqu'aux vieilles femmes de 80 ans qui s'y étaient fait porter. Je crois que je suis devenu orateur. Le génie de la liberté m'a inspiré. Toutes les communes voudraient que je passasse chez elles. J'oubliais de te dire que j'embrassais les vieilles comme mon oncle, c'est-à-dire en leur tendant un peu les deux côtés de la tête : mais quand c'étaient des jeunes et jolies, c'était tout autre chose. Il me faudrait être à l'âge de vingt ans ; mais, je sens que je suis vieux ; et puis, tu sens bien qu'il faut conserver le décorum de la représentation nationale.

---

(1) Arch. de famille.
(2) Arch. de famille. A la citoyenne Vernerey, maison de la Nation, au chapitre, vis-à-vis la Conciergerie, à Besançon.

« Malgré tout cela, je désire fort avoir un peu de tranquillité et m'en retourner pour en jouir. Je suis accablé de
monde et de fatigue, mais Vive la République, puisque je
me porte bien et que je dors dans mon lit. »

Là joie avait dû être bien vive, pour forcer à se dérider
la longue figure sévère de Vernerey, que nous représentent
ses miniatures : bouche plissée, nez aquilin ; les yeux rêveurs
et le front pensif. Continuant sa tournée, il se rendit à Moulins, après avoir parcouru les quatorze districts de la Creuse
et de l'Allier, et y séjourna environ un mois, du 6 Floréal
au 10 Prairial, semble-t-il, pour mettre en ordre diverses
affaires importantes.

Tout d'abord, il envoya au Comité du Salut public un
tableau brillant de la situation politique des départements
qu'il avait visités (1) : il dépeignit les populations dévouées
à la République, avides de recueillir des leçons de civisme,
pleines de haine pour les « conspirateurs infàmes ». Dans la
Creuse, le peuple parut au représentant très ignorant et
sans aucune instruction. Dans l'Allier au contraire, sa joie
fut très vive de voir les rassemblements qui se formaient
aux endroits où l'on savait qu'il passerait : « J'ai eu le plaisir
dans un seul jour de donner l'accolade fraternelle à plus de
trois mille citoyens qui tous ne demandaient autre chose que
de voir leur représentant et qui tous s'en retournaient en
criant : Vive la République ! Vive la Convention ! Vive la
Montagne ! Que le misanthrope vienne jouir d'un si doux
spectacle, il se réconciliera avec les hommes. »

La situation de la Creuse et de l'Allier qui se trouvaient
alors sur le passage des troupes nécessita de nombreux arrêtés, tant pour fixer la ration des hommes et des chevaux, à
cause de la disette, que pour déterminer les étapes. Il fallut
aussi opérer quelques arrestations pour ranimer l'enthou-
siasme des sociétés populaires, parmi les partis retardataires

(1) *Recueil des Actes du Comité du Salut public.* T. XIII, p. 66.

qui semblent avoir redressé la tête, à la suite des nombreuses mises en liberté effectuées dans les premiers jours de la mission. De ce côté, Vernerey éprouva peut-être une certaine déception manifestée même dans ses lettres : « A mon arrivée ici quelques malveillans avaient voulu me dénigrer et cherché à me donner du désagrément. Eh bien, tout est changé depuis que trois individus ont été incarcérés. Tout le peuple me bénit. La société populaire, les autorités constituées sont venues me témoigner leur satisfaction. On ne parle plus que du représentant. C'est le père du peuple. Hier, le peuple a voulu avoir une assemblée au temple de la Raison pour me voir et m'entendre, et pour demander que je demeure avec lui environ deux mois. » (Moulins 20 Floréal II) [1]. Vernerey s'occupa également de la réorganisation de la fabrique d'armes de Moulins et en changea les directeurs, mesure au sujet de laquelle le Comité du Salut public s'en remit à sa justice [2]. Avant de quitter l'Allier, Vernerey prononça un grand discours patriotique dans le temple de l'Etre suprême (2 prairial II). Il repartit peu après pour la Convention, devant laquelle il rendit compte de sa mission.

Le rôle de Vernerey au sein même de la Convention se réduit à peu de chose. Le 9 août 1794, il ne put empêcher, par son discours en faveur de Fouché, l'arrestation de celui-ci décrétée par l'Assemblée.

En Nivôse an III, Vernerey fut envoyé dans l'Est pour surveiller et visiter l'exploitation des salines dans les départements du Bas Rhin, de la Meurthe, du Jura, du Doubs, de la Haute-Saône et du Mont Blanc [3]. Parti le 22 Nivôse, il rentra le 20 Floréal à Paris. Ses comptes, qui existent encore pour cette mission, nous montrent quelles pouvaient être raisonnablement à cette époque les dépenses d'un proconsul en

---

(1) Arch. de famille.
(2) *Recueil Actes du Com. du Salut public*, 4 prairial II, T. XIV.
(3) Arch. de famille.

mission. Ayant touché huit mille livres à son départ de Paris, auprès de la Trésorerie nationale, et six mille à Moyeuvie près du receveur des salines ; ayant dépensé en plus deux mille sept cent soixante neuf livres par suite de l'obligation où il fut d'assembler le Directoire des salines de la Meurthe et les commissaires des revenus nationaux ; soit un total de seize mille sept cent soixante-neuf livres, le conventionnel remit à son retour au bureau des inspecteurs de la Convention douze cents livres. La dépense totale avait donc atteint quinze mille cinq cent soixante-neuf livres. Le voyage, dans des pays d'extrême frontière, avait été des plus pénibles. Il fallait habituellement quatre chevaux, quelquefois cinq ou six pour traîner la voiture, à cause du mauvais état des routes. Dans beaucoup d'endroits la poste n'existait plus; dans d'autres, les maîtres de relais exigeaient quinze livres par cheval au lieu de quatre. Enfin, il faut observer que les sommes mentionnées plus haut avaient été versées en assignats, « qui ont perdu considérablement et qu'on fait tout payer en proportion » (1).

Non seulement l'argent, mais le sel lui-même était devenu une denrée rare. Le district de Pontarlier envoya au conventionnel un commissaire spécialement pour lui demander d'augmenter la quantité de sel qui lui était accordée par le gouvernement, celui-ci n'en ayant attribué que 107,310 quintaux aux trois départements de la Haute-Saône, du Doubs et du Jura. Les habitants de ces districts frontières éloignés des localités où se trouvaient les salines, étaient souvent obligés d'acheter du sel en Suisse. La demande du district de Pontarlier fut accordée par arrêté du 22 Pluviôse an III, pris par Vernerey de concert avec le député Pelletier qui lui avait été adjoint dans sa mission. Un autre arrêté pris à Salins le 28 Pluviôse constate également la nécessité où se trouvaient les populations d'acheter du sel à l'étranger et l'existence

(1) Arch. de famille.

d'un « arriéré du contingent » de sel, que les salines françaises n'avaient pu fournir.

Vernerey non seulement essaya de faire cesser cette situation anormale mais encore de fournir de sel la Suisse, « fidèle alliée de la République », suivant les volontés de la Convention. Les salines de Salins et Moyeuvic reçurent l'ordre d'expédier chaque mois six cents tonneaux de sel du troisième quartier de l'an III et douze cents pour les quartiers suivants, Moyeuvic devant se charger des cinq sixièmes. Les autres salines de l'Est mirent à la disposition des agents le nombre de voitures nécessaire pour le transport de ce sel en Suisse, jusqu'à un certain nombre de localités désignées au delà de la frontière. Il fallut de même réglementer (29 Pluviôse an III) le transport des bois et en particulier de ceux provenant de la forêt de Chaux. Toute voiture venue pour chercher du sel fut tenue d'apporter sa charge de bois. Il fallut réprimer la mauvaise volonté des ouvriers (3 Germinal an III) et des voituriers qui se dispensaient facilement de travailler, ainsi que celle des coupeurs qui refusaient de couper du bois lorsqu'on les requérait. Enfin, les bois destinés aux salines (4 Germinal an III) ne purent en aucune façon être vendus ou détournés dans un autre but, en raison du caractère national de cette industrie.

A cette époque, Vernerey se trouvait à Besançon : plusieurs des révolutionnaires avancés de cette ville, entre autres Donnoy et Briot, furent arrêtés. Vernerey fit diverses démarches pour obtenir leur liberté. La municipalité en fut très mécontente. Le 21 avril 1795, elle porta plainte auprès du Comité de sûreté générale et accusa formellement Vernerey de n'avoir « pendant son séjour dans la commune, fréquenté et protégé que les ennemis de la Révolution du 9 Thermidor, des autorités constituées et de la justice. » Elle désirait ainsi prévenir l'autorité en sa faveur contre les renseignements erronés qui parviendraient par la bouche du représentant (1).

---

(1) SAUZAY. *Hist. perséc. relig. dans le Doubs*, T. VII, p. 6.

Malgré cette pétition, les détenus furent mis en liberté le 18 juillet, par ordre du Comité de sûreté générale, et sur la recommandation de Vernerey et de son collègue Michaud qui répondirent de leur civisme.

L'administration départementale très étonnée de cette libération inattendue manifesta à son tour son mécontentement par une nouvelle adresse au Gouvernement.

L'intervention de Vernerey en faveur de quatre patriotes de Baume arrêtés après le 9 Thermidor, semble beaucoup moins justifiée. L'un d'eux fut remis en liberté le 27 octobre 1795.

Dès qu'il avait obtenu, avec Michaud, la liberté de ses compatriotes, Vernerey avait envoyé cette bonne nouvelle à Besançon : « Tu trouveras sous ce pli, écrivait-il à sa femme (1) (9 Thermidor, III), copie certifiée de la mise en liberté de Marellier, Robert, Chazerand, Dormoy et Rambour père. Tu la remettras à l'épouse de Marellier. Je suis bien aise de lui avoir fait rendre son mari. Que tous soient prudents et circonspects..... L'original de la mise en liberté dont copie ci-jointe partira par le même courrier ». Rambour écrivit à Vernerey pour le remercier de sa mise en liberté (2). Celui-ci à son tour lui recommanda fortement de s'absenter quelque temps de Besançon, pour que le département ne l'accusât point, ainsi que Briot, d'agiter le peuple (3) (20 Thermidor, III).

Comme la reconnaissance des hommes dure peu, ceux-là même qui avaient soutenu et élu Vernerey aux assemblées, avant le 9 Thermidor, le comprirent en l'an III, parmi les citoyens soumis à l'impôt forcé pour une somme de 1400 livres. Cependant il ne devait pas y être assujetti n'ayant pas mille livres de revenus. D'après la loi, il lui en aurait fallu

(1) Arch. de famille.
(2) *Idem.*
(3) *Idem.*

6.400, vu le nombre de ses enfants : « Je vois bien, s'écriât-il, que tout cela paraît être la suite de la bonne opinion qu'on a pour moi. Ah les coquins ! je les ai pourtant tous obligés tant que je l'ai pu » (1).

D'autres, sur lesquels Vernerey ne comptait certainement pas, se montrèrent moins oublieux, et les détenus qu'il avait fait mettre en liberté à Moulins, lui envoyèrent le 28 Vendémiaire an IV une longue adresse de remerciement (2).

A cette époque, le séjour de Paris devenait de plus en plus désagréable. Les membres des Assemblées eux-mêmes souffrirent beaucoup de la cherté de la vie, et surtout des troubles continuels.

Dès son retour dans la capitale, en Prairial an III, Vernerey avait recommencé sa correspondance avec sa femme. Ses lettres sont remplies de doléances sur les ennuis journaliers. Tantôt c'était une émeute ; tantôt une diminution de la valeur des assignats, ou une augmentation du prix des objets les plus indispensables. Il arriva même un moment où, par suite du manque d'argent et de la hausse de toutes les denrées, Vernerey, à la tête de six chemises et quelques autres en lambeaux, hésitait à s'en acheter de neuves (3).

Le Conventionnel était rentré à Paris juste à temps pour assister aux journées de Prairial, qui lui causèrent une grande émotion, et augmentèrent encore son dégoût, pour le métier de représentant du peuple :

« Paris, 3 Prairial l'an III de la République. — Les troubles dans Paris sont apaisés dans ce moment-ci ; il n'en est pas moins vrai que jamais la Convention n'a éprouvé un plus grand danger ; qu'un membre a été assassiné dans le sanctuaire même de la Convention qui a été profané. Tous les bons citoyens de Paris ont bien vu qu'on voulait la dissolu-

(1) Arch. de famille.
(2) *Idem.*
(3) *Idem.*

tion de la Convention et le pillage. Ils se sont réunis et tout
a été apaisé heureusement sans autre effusion de sang. Ce
sont toujours quelques députés qui en sont les victimes.
Voilà tous leurs revenans bons, et cependant, on les croit
trop riches et on ambitionne leur place. Grand Dieu ! quand
cela finira-t-il et quand nous verrons-nous remplacés ? (1)

« Que ne suis-je plus en argent, disait un peu plus tard
Vernerey à sa femme, dès le 23 Frimaire III j'irais me
joindre à vous et j'aurais demandé un congé. Mais malheu-
sement, nous sommes dans le cas de faire des dettes le
moins possible. Tout devient ici d'un prix inconcevable.
Tout y est triplé depuis six mois. Je crois bien qu'il en est
de même à Besançon. Il faut bien supporter les crises des
Révolutions (2) ». La question d'argent revient maintenant
sans cesse : « Ce qui est inconcevable, c'est que malgré la
rareté de l'argent, tout est plus cher du double que ci-devant
même dans le commencement des assignats. Ce qu'il y a de
plus malheureux encore, c'est que le trésor public est épuisé
au point de ne pas pouvoir payer les fonctionnaires publics,
ce qui est très alarmant. C'est la véritable plaie de la République. Puissent les victoires de l'armée d'Italie accélérer la
paix et ramener l'ordre et l'économie dans nos finances,
sans cela je ne sçais pas comment le gouvernement pourra
s'en tirer ! (3) » Les lettres de Vernerey roulent maintenant
en entier sur ce sujet : « (5 Messidor IV). On ne veut plus
vendre ici qu'en numéraire tous les objets de consommation.
Il m'en a coûté faute d'argent quatre cents livres en mandats
pour une voye de bois que j'aurais eu pour dix-huit si j'avais
eu du numéraire. Et le papier est si avili que dans le mois
dernier, par la progression des choses et l'avarice des mar-
chands, j'ai dépensé plus que les trois mois précédents.....

(1) Arch. de famille.
(2) *Idem.*
(3) *Idem.*

Si on n'y fait pas attention, je ne sçais pas comment pourront faire ceux qui ne reçoivent que du papier pour leur traitement; nous sommes dans ce cas là..... Les tems sont pénibles pour tous les fonctionnaires publics. Il faut espérer que cet état de crise ne durera pas toujours(1) ».

— « Paris, 23 Thermidor (2). — Absolument, on ne veut plus de mandats ici. Ils sont à 28 sols le cent. Si cela continue, notre traitement sera pire que pendant la dernière année de la Convention, où plusieurs de nos collègues sont morts de faim. Heureusement que la Constitution veut qu'on nous paye valeur du bled. Le dernier mois on nous a donné six mille francs ; mais par le malheureux discrédit des mandats dont on ne veut plus, en les vendant, notre traitement demeure diminué de plus des deux tiers ; ainsi, au lieu d'avoir 300 livres, nous n'aurons pas eu 200 ; et cependant tout est ici plus cher en numéraire qu'en 1790 : et je vois que nos finances et nos financiers ne valent pas mieux les unes que les autres ; il faudrait un génie supérieur qui nous tirerait de là ».

Vernerey, seul des Conventionnels du Doubs, fut éliminé des Assemblées par le sort en 1797. La municipalité bisontine s'empressa de lui envoyer ses condoléances, en même temps qu'elle votait des félicitations pour les autres députés restés aux Assemblées. Déjà au commencement du Directoire, Vernerey n'avait continué à siéger comme représentant, que grâce à la loi qui permettait aux anciens Conventionnels réélus de compléter les deux tiers du nouveau corps législatif en nommant leurs collègues.

En Frimaire an VI, Vernerey reçut une nouvelle mission sur laquelle nous n'avons pas de détails, auprès des salines de Montmorot. On l'avait envoyé en Franche-Comté semble-t-il, surtout pour préparer les élections prochaines. Du reste,

---

(1) Arch. de famille.
(2) *Idem*.

à la suite du coup d'état du 18 Fructidor, les partis avancés ayant repris la tête du Gouvernement, trois membres de la municipalité de Besançon donnèrent leur démission. Vernerey remplaça l'un d'eux (10 sept. 1797). L'administration centrale du Doubs fut peu après (11 septembre) destituée par le Directoire. Vernerey fut élu administrateur du département, puis président du Directoire du Doubs. Aussi, son ancien collègue Monnot lui écrivit (1) pour l'inviter à influencer les électeurs, avant le scrutin : le ministre lui-même le chargeait de cette commission. « Tu sens, lui disait-il, combien il est essentiel que les élections soyent dirigées tellement qu'on évite les deux extrêmes qui seraient d'autant plus dangereux que le nombre (de députés) à élire est presque double d'une année commune ».

L'administration du département du Doubs par Vernerey dura jusqu'en Avril 1798. Elle n'offre rien de particulièrement saillant. Sa principale occupation fut d'appliquer la loi du 19 Fructidor sur les prêtres déportés. Il eut parfois la main un peu rude, surtout à l'égard des fugitifs qui passaient en Suisse. Des patrouilles parcoururent la frontière jour et nuit. Les douaniers eux-mêmes furent requis d'arrêter les fugitifs.

Quelques placards modérés rendirent nécessaires des proclamations pour relever le patriotisme des citoyens. Telle celle du 15 Février 1798. Tel aussi le grand discours prononcé par Vernerey lui-même, le 2 Pluviôse an VI à l'occasion de « l'anniversaire de la juste punition du dernier roi des Français et de la prestation du serment ordonné par la loi ». Ce discours médiocre n'est qu'une longue démonstration des prétendus crimes de la royauté depuis l'antiquité ; mais comme tous ceux de l'époque, il est inspiré par un souffle patriotique ardent.

---

(1) Arch. de famille.

Vernerey mourut à Besançon peu après avoir terminé ses fonctions d'administrateur du département du Doubs, le 15 Floréal an VI (4 mai 1798 (1). Il n'avait que 49 ans.

Vernerey n'était assurément pas de ceux qui se servent de la politique comme d'un marchepied pour s'élever à la fortune : « l'ex-législateur », ainsi qu'il figure à la colonne « profession » sur les tables des décès de l'enregistrement, non seulement ne s'était pas enrichi au service de l'Etat, mais on peut dire qu'il s'y était ruiné. La déclaration de mutation souscrite par sa veuve constate une succession absolument négative aussi bien en valeurs mobilières qu'en immeubles ; les seuls biens en dépendant comprenaient divers immeubles situés dans l'arrondissement de Baume et soumis à l'usufruit de la mère du défunt encore existante : ceux-là, Vernerey n'avait pas pu en disposer (2).

Briot faisait peu après à ce sujet son éloge. Après avoir reproché au député Besson de s'être enrichi dans les charges exercées par lui auprès des salines de l'Est il ajoutait : « Le représentant du peuple Vernerey avait rempli aussi une mission près des salines ; mais il n'est devenu ni opulent, ni fermier général : il est mort pauvre, honoré, respecté des gens de bien, laissant une mémoire chère à tous les républicains (3) ». Mais Vernerey semble avoir tracé lui-même son portrait, en donnant aux citoyens de l'Allier la définition du révolutionnaire comme il le comprenait, dans un discours du 2 Prairial II : « L'homme révolutionnaire doit être ferme, inflexible, hardi, mais il doit être probe, et surtout il doit être juste ; il est franc, loyal, toujours vrai, jamais astucieux ; il est fier parce qu'il est brave, mais jamais insolent. Il n'outrage point les autorités constituées..... L'homme révolu-

(1) Arch. Greffe tribunal civil (Besançon).
(2) *Arch. du Doubs*. Registre des mutations par décès, 25 Thermidor, an VII, n° 54.
(3) *Première Notice sur les Causes de la Réaction dans le département du Doubs*, par P.-J. BRIOT, etc.

tionnaire est bon, humain pour ses frères, mais il est intrai-
table pour les méchans. Il pardonne les erreurs, les fai-
blesses même qui ne nuisent pas à la chose publique, mais
il est sans miséricorde pour tout ce qui peut porter atteinte
à la liberté, à la sûreté ou à la tranquillité de sa patrie. En
un mot, il ne vit et ne respire que pour le triomphe de la
Révolution ».

De son mariage, Vernerey avait eu deux fils et plusieurs
filles. Un de ses fils fut tué en l'an III aux armées. L'autre,
devenu chef d'escadron et resté célibataire inquiétait encore
par ses opinions « nullement rassurantes » le ministre de
de l'intérieur en 1822, et le préfet du Doubs estimait qu'il
ne saurait offrir aucune garantie pour servir le régime des
Bourbons (1).

(1) *Arch. Nat.* F⁷ 6972.